一六九三	四十一さい	歌舞伎《かぶき》『仏母摩耶山開帳《ぶつもまやさんかいちょう》』がはじめて上演《じょうえん》される
一七〇三	五十一さい	『曽根崎心中《そねざきしんじゅう》』が竹本座《たけもとざ》で上演《じょうえん》される
一七〇五	五十三さい	竹本座《たけもとざ》の専属作者《せんぞくさくしゃ》となる
一七〇六	五十四さい	『兼好法師物見車《けんこうほうしものみぐるま》』『碁盤太平記《ごばんたいへいき》』が竹本座《たけもとざ》で上演《じょうえん》される
一七〇九	五十七さい	坂田藤十郎《さかたとうじゅうろう》がなくなる
一七一一	五十九さい	一月《がつ》、加賀掾《かがのじょう》がなくなる 三月《がつ》、『冥途の飛脚《めいどのひきゃく》』が竹本座《たけもとざ》で上演《じょうえん》される
一七一四	六十二さい	竹本義太夫《たけもとぎだゆう》（筑後掾《ちくごのじょう》）がなくなる
一七一五	六十三さい	『国性爺合戦《こくせんやかっせん》』が竹本座《たけもとざ》で上演《じょうえん》される
一七二〇	六十八さい	『心中天の網島《しんじゅうてんのあみじま》』が竹本座《たけもとざ》で上演《じょうえん》される
一七二四	七十二さい	十一月《がつ》二十二日《にち》、大阪《おおさか》でなくなる

この本《ほん》について

『よんで しらべて 時代《じだい》がわかる ミネルヴァ日本《にほん》歴史人物伝《れきしじんぶつでん》』シリーズは、日本《にほん》の歴史上《れきしじょう》のおもな人物《じんぶつ》をとりあげています。

前半《ぜんはん》は史実《しじつ》をもとにした物語《ものがたり》になっています。有名《ゆうめい》なエピソードを中心《ちゅうしん》に、その人物《じんぶつ》の人生《じんせい》や人《ひと》がらなどを楽《たの》しく知《し》ることができます。

後半《こうはん》は解説《かいせつ》になっていて、人物《じんぶつ》だけでなく、その人物《じんぶつ》が生《い》きた時代《じだい》のことも紹介《しょうかい》しています。物《もの》語《がたり》をよんだあとに解説《かいせつ》をよめば、より深《ふか》く日本《にほん》の歴史《れきし》を知《し》ることができます。

歴史《れきし》は少《すこ》しにがてという人《ひと》でも、絵本《えほん》をよんで楽《たの》しく学《まな》ぶことができます。歴史《れきし》に興味《きょうみ》がある人《ひと》は、解説《かいせつ》をよむことで、さらに歴史《れきし》にくわしくなれます。

■解説《かいせつ》ページの見《み》かた

人物《じんぶつ》についてくわしく解説《かいせつ》するページと時代《じだい》について解説《かいせつ》するページがあります。

文中《ぶんちゅう》の青《あお》い文字《もじ》は、31ページの「用語解説《ようごかいせつ》」で解説《かいせつ》しています。

写真《しゃしん》や地図《ちず》など理解《りかい》を深《ふか》める資料《しりょう》をたくさんのせています。

「もっと知《し》りたい！」では、その人物《じんぶつ》にかかわる博物館《はくぶつかん》や場所《ばしょ》、本《ほん》などを紹介《しょうかい》しています。

「豆《まめ》ちしき」では、人物《じんぶつ》のエピソードや時代《じだい》にかんする基礎知識《きそちしき》などを紹介《しょうかい》しています。

よんで しらべて 時代がわかる
ミネルヴァ 日本歴史人物伝

近松門左衛門《ちかまつもんざえもん》

上方の人情をえがいた浄瑠璃作家

監修 大石 学
文 西本 鶏介
絵 野村 たかあき

もくじ

ミネルヴァ書房

人形浄瑠璃《にんぎょうじょうるり》を芸術《げいじゅつ》にした男《おとこ》

近松門左衛門《ちかまつもんざえもん》は杉森信盛《すぎもりのぶもり》といい、一六五三年《ねん》（承応《じょうおう》二年《ねん》）、越前藩《えちぜんはん》（いまの福井県《ふくいけん》）につかえる武士《ぶし》の次男《じなん》として生《う》まれました。十九さいのとき、浪人《ろうにん》した父《ちち》とともに京都《きょうと》へ行《い》き、一条恵観《いちじょうえかん》という公卿《くぎょう》（もっとも地位《ちい》の高《たか》い貴族《きぞく》）につかえ、恵観《えかん》がなくなってからも、ほかの公卿《くぎょう》につかえました。

公卿《くぎょう》のもとで古典《こてん》や故実《こじつ》（むかしの儀式《ぎしき》や習慣《しゅうかん》）を学《まな》ぶうち、門左衛門《もんざえもん》は主君《しゅくん》につくすだけのきびしい武士《ぶし》のくらしより、気《き》ままな文人《ぶんじん》として生《い》きるほうがはるかにすばらしいと思《おも》うようになりました。

とりわけ、公卿《くぎょう》たちがときおりまねく人形《にんぎょう》浄瑠璃《じょうるり》は、たいへんにおもしろく、しばいは目《め》でよむ物語《ものがたり》よりはるかに深《ふか》く人《ひと》の心《こころ》をとらえることに気《き》づきました。

そのころ、京都《きょうと》は大阪《おおさか》とともに浄瑠璃《じょうるり》（三味線《しゃみせん》の伴奏《ばんそう》で物語《ものがたり》を歌《うた》ってきかせる芸能《げいのう》）の中心地《ちゅうしんち》として知《し》られていました。なかでも宇治嘉太夫《うじかだゆう》の浄瑠璃《じょうるり》は評判《ひょうばん》が高《たか》く、それまでの浄瑠璃《じょうるり》とちがう新《あたら》しさがありました。宇治嘉太夫《うじかだゆう》はやがて浄瑠璃《じょうるり》の太夫《たゆう》として最高《さいこう》の名誉《めいよ》である掾号《じょうごう》をゆるされ、宇治加賀掾好澄《うじかがのじょうよしずみ》と名《な》のりました。

門左衛門《もんざえもん》は二十五さいのとき、思《おも》いきって加賀掾《かがのじょう》をたずね、弟子《でし》になることをゆるしてもらいました。加賀掾《かがのじょう》は二十さいちかくも年下《としした》の近松《ちかまつ》をわが子《こ》のようにかわいがり、浄瑠璃《じょうるり》に必要《ひつよう》なことをくわしく話《はな》してくれました。門左衛門《もんざえもん》はせきをきったように人形浄瑠璃《にんぎょうじょうるり》の台本《だいほん》をかきはじめます。

（人形浄瑠璃《にんぎょうじょうるり》の真髄《しんずい》は人《ひと》の情《じょう》をえがきだすことにある。情《じょう》をふきこまれた人形《にんぎょう》だからこそ、客《きゃく》は心《こころ》の底《そこ》からなき笑《わら》いができる。）

門左衛門《もんざえもん》は浄瑠璃《じょうるり》作家《さっか》になるとちかったときからそう心《こころ》に決《き》めて修業《しゅぎょう》をつづけました。そのためにはどんなこともみずから経験《けいけん》しなくてはなりません。しばい小屋《ごや》の雑用《ざつよう》を進《すす》んで引《ひ》きうけ、客席《きゃくせき》にもぐりこんで人形《にんぎょう》を見《み》つめ、浄瑠璃《じょうるり》に耳《みみ》をかたむけました。また、まちの人《ひと》たちのくらしのなかへ深《ふか》く入《はい》りこみ、喜怒哀楽《きどあいらく》のすがたをしっかりと観察《かんさつ》しました。

ときには放蕩《ほうとう》むすこのように大酒《おおざけ》をのんでわるい場所《ばしょ》へ出入《でい》りをしたり、かけごとにうつつをぬかしたりしたのも、人間《にんげん》のありのままの感情《かんじょう》をしばいに生《い》かすためでした。

そして一六八三年《ねん》（天和《てんな》三年《ねん》）、三十一さいのときにかいた人形浄瑠璃《にんぎょうじょうるり》の『世継曽我《よつぎそが》』（鎌倉時代《かまくらじだい》におこった有名《ゆうめい》なかたき討《う》ちの話《はなし》『曽我物語《そがものがたり》』のつづきをかいたもの）がみとめられ、ようやく浄瑠璃作家《じょうるりさっか》としてひとりだちすることができました。人形浄瑠璃《にんぎょうじょうるり》ばかりか歌舞伎《かぶき》の台本《だいほん》もたのまれるようになり、門《もん》左衛門《ざえもん》の劇作家《げきさっか》としてのうでは、ますます上《じょう》達《たつ》していきました。

しかし、その翌年《よくとし》、大阪《おおさか》の道頓堀《どうとんぼり》に人形浄《にんぎょうじょう》瑠璃《るり》の竹本座《たけもとざ》が創設《そうせつ》され、そこの浄瑠璃語《じょうるりがた》りである初代竹本義太夫《しょだいたけもとぎだゆう》と組《く》んでからは、もっぱら人形浄瑠璃《にんぎょうじょうるり》の台本《だいほん》に力《ちから》をいれるようになります。

一七〇三年《ねん》（元禄《げんろく》十六年《ねん》）五月《がつ》、竹本座《たけもとざ》で門左衛門《もんざえもん》の人形浄瑠璃《にんぎょうじょうるり》『曽根崎心中《そねざきしんじゅう》』が筑後《ちくごの》掾《じょう》と名《な》をあらためた義太夫《ぎだゆう》の語《かた》りで上演《じょうえん》されると、たいへんな評判《ひょうばん》になり、門左衛門《もんざえもん》の名《な》がいちやく有名《ゆうめい》になりました。本当《ほんとう》にあったできごとを材料《ざいりょう》にしてかいた人形浄瑠璃《にんぎょうじょうるり》だけに、世間《せけん》の強《つよ》い関心《かんしん》をよんだのです。

しょうゆ屋《や》の手代《てだい》・徳兵衛《とくべえ》と天満屋《てんまや》の遊《ゆう》女《じょ》・お初《はつ》は恋人《こいびと》どうしでしたが、徳兵衛《とくべえ》の主《しゅ》人《じん》は自分《じぶん》の奥《おく》さんのめいとの結婚《けっこん》をすすめます。徳兵衛《とくべえ》がことわると彼《かれ》のやしない親《おや》にわたした金《かね》をかえし、大阪《おおさか》を出《で》ていけといわれます。徳兵衛《とくべえ》はその金《かね》を親《おや》からとりもどしますが、友人《ゆうじん》の油屋《あぶらや》九平次《くへいじ》にだましとられたうえ、九平次《くへいじ》がかいた借用証文《しゃくようしょうもん》はにせものだといって、九平次《くへいじ》たちになぐられてしまいます。

お初《はつ》の店《みせ》へしのびこんだ徳兵衛《とくべえ》ですが、もはやどうすることもできません。そこで夜《よる》になってふたりは店《みせ》をぬけだして、曽根崎《そねざき》の森《もり》へ行《い》って心中《しんじゅう》をはかるというのが『曽根崎心《そねざきしん》中《じゅう》』のあらすじです。

人形浄瑠璃《にんぎょうじょうるり》には過去《かこ》の歴史上《れきしじょう》のことを題材《だいざい》にした時代物《じだいもの》と、当時《とうじ》の社会《しゃかい》のできごとを題《だい》材《ざい》にした世話物《せわもの》のふたつがあり、『曽根崎心《そねざきしん》中《じゅう》』はまさに世話物《せわもの》とよぶにふさわしい人形《にんぎょう》浄瑠璃《じょうるり》として町人《ちょうにん》たちの心《こころ》をわしづかみにしたのです。

《此世《このよ》の名残《なごり》、夜《よ》も名残《なごり》。死《し》にに行《い》く身《み》を例《たと》うれば、あだしが原《はら》の道《みち》の霜《しも》。一足《ひとあし》ずつに消《き》えてゆく、夢《ゆめ》の夢《ゆめ》こそ哀《あわ》れなれ。あれ数《かぞ》うれば暁《あかつき》の、七つの時《とき》が六つ鳴《な》りて、残《のこ》るひとつが今生《こんじょう》の、鐘《かね》のひびきの聞《き》き納《おさ》め。
寂滅為楽《じゃくめついらく》と響《ひび》くなり。》
（この世《よ》のわかれ、夜《よる》もわかれと、これから死《し》んでいく身《み》をたとえると、あだしが原《はら》（むかし墓場《はかば》があった場所《ばしょ》）への道《みち》の霜《しも》が、ひと足歩《あしある》くたびに消《き》えていくような、夢《ゆめ》のなかの夢《ゆめ》みたいにはかなくてあわれです。数《かぞ》えてみれば、明《あ》け方《がた》の七つのかねが六つなり、あとのひとつがこの世《よ》のききおさめ、生《い》きることも死《し》ぬこともない幸《しあわ》せな境地《きょうち》とひびきます。）

　三味線《しゃみせん》の音《おと》とともに、せつせつと語《かた》られる浄瑠璃《じょうるり》にあわせ、手《て》をとりあいながら歩《ある》いていく人形《にんぎょう》は、もはや人形《にんぎょう》ではなく、だれの目《め》にもこれから死出《しで》の旅《たび》にむかう若《わか》い男女《だんじょ》の人《にん》間《げん》のすがたにしか見《み》えません。

好《す》きだからといっても、いっしょになれないのがこの世《よ》のさだめ。そのさだめのために好《す》きな人《ひと》と結婚《けっこん》できず、なくなくわかれるのが江戸時代《えどじだい》の町人社会《ちょうにんしゃかい》のならわしでした。もし、親《おや》やつとめ先《さき》のお店《たな》の主人《しゅじん》の意見《いけん》にさからって、好《す》きな人《ひと》と結婚《けっこん》しようとするなら、いのちをすてて、あの世《よ》でむすばれるほかに道《みち》はありませんでした。

　恋《こい》の行《ゆ》く手《て》にあるのはよろこびではなく、心中《しんじゅう》というあわれな運命《うんめい》がまっているだけです。しかし、それでも自分《じぶん》の思《おも》いをとげようとするのは、人間《にんげん》ならではの純粋《じゅんすい》な行為《こうい》といえなくもありません。とはいえ、恋《こい》のためにいのちをすてるなど、これほど、つらくあわれなできごとはないでしょう。

　だからこそしばいとわかっていても、人《ひと》びとの心《こころ》をつき動《うご》かし、そのあわれさに涙《なみだ》があふれでるのです。徳兵衛《とくべえ》とお初《はつ》

が曽根崎《そねざき》の森《もり》へたどりつき、自分《じぶん》たちの手《て》でいのちをたつとき、観客《かんきゃく》のだれもが舞台《ぶたい》にむかって思《おも》わず手《て》をあわせ、あの世《よ》での幸《しあわ》せをいのらずにはいられませんでした。

（これでようやく、わたしの願《ねが》いはかなった。）

舞台《ぶたい》のそでから客席《きゃくせき》をながめていた門左衛門《もんざえもん》は、大《おお》きくうなずき、これまでの努力《どりょく》がむくわれたことをしみじみと感《かん》じるのでした。

江戸《えど》時代《じだい》は商業《しょうぎょう》の発展《はってん》で町人《ちょうにん》たちがしだいに力《ちから》をもち、権力《けんりょく》はなくても武士《ぶし》よりは気《き》ままにくらす人《ひと》たちがふえました。しかし、町《ちょう》人《にん》たちがまもらなくてはならないのは義理《ぎり》と人情《にんじょう》という道徳《どうとく》でした。他人《たにん》への義理《ぎり》をとおすためには自分《じぶん》を犠牲《ぎせい》にすることもあります。おろかな行為《こうい》とわかっていても人情《にんじょう》こそがたいせつとわりきらなくてはなりません。

門左衛門《もんざえもん》はそんな町人《ちょうにん》の、のっぴきならない生《い》きかたにスポットをあて、もがき苦《くる》しみながらも、自分《じぶん》の心《こころ》に忠実《ちゅうじつ》であろうとするすがたをみごとな悲劇《ひげき》にしあげたのです。『曽《そ》根崎心中《ねざきしんじゅう》』は見《み》て楽《たの》しむだけのしばいではなく、身分《みぶん》にしばられて自由《じゆう》の少《すく》ない封建社会《ほうけんしゃかい》のなかで生《い》きる町人《ちょうにん》たちをはげまし、勇気《ゆうき》づけるしばいでもありました。しかも、語《かた》りのことばはまさに名文《めいぶん》ともいうべき美《うつく》しさで胸《むね》にひびきます。

門左衛門《もんざえもん》がこの人形浄瑠璃《にんぎょうじょうるり》をかいたのは五十一さいのときで、まさにすいもあまいもかみわけた人生《じんせい》の円熟期《えんじゅくき》にありました。

『曽根崎心中《そねざきしんじゅう》』のおかげで、歌舞伎《かぶき》の人《にん》気《き》におされ、経営《けいえい》があやうくなっていた竹《たけ》本座《もとざ》は、一気《いっき》によみがえることができました。そこで一七〇五年《ねん》（宝永《ほうえい》二年《ねん》）、門左《もんざ》衛門《えもん》は竹本座《たけもとざ》の専属作者《せんぞくさくしゃ》としてまねかれ、その翌年《よくとし》、京都《きょうと》から大阪《おおさか》へ移住《いじゅう》します。

生活《せいかつ》の心配《しんぱい》がなくなった門左衛門《もんざえもん》は竹本《たけもと》座《ざ》の人形浄瑠璃《にんぎょうじょうるり》をつぎつぎとかきあげました。門左衛門《もんざえもん》のかいた人形浄瑠璃《にんぎょうじょうるり》は全部《ぜんぶ》で約《やく》百五十本《ぼん》ぐらいで、そのなかで世話物《せわもの》は二十四本《ほん》です。はじめて上演《じょうえん》されたのが竹《たけ》本座《もとざ》だった世話物《せわもの》は十六本《ぽん》ですから、世話《せわ》物《もの》のほとんどは筑後掾《ちくごのじょう》のためにかいたということができます。

年《とし》を重《かさ》ねるにつれ、門左衛門《もんざえもん》の人形浄瑠《にんぎょうじょうる》璃《り》は、人《ひと》のたましいをゆさぶるものになっていき、『丹波与作待夜の小室節《たんばよさくまつよのこむろぶし》』、『冥土《めいど》の飛脚《ひきゃく》』、『夕霧阿波鳴渡《ゆうぎりあわのなると》』、『国性爺合戦《こくせんやかっせん》』、『心中天の網島《しんじゅうてんのあみじま》』、『女殺油地獄《おんなころしあぶらのじごく》』などの名《めい》作《さく》が生《う》まれ、門左衛門《もんざえもん》はもはやくらべるものがない浄瑠璃作家《じょうるりさっか》としてうやまわれるようになりました。

郵便はがき

料金受取人払郵便

山科支店承認

99

差出有効期間
平成26年11月
20日まで

6 0 7 - 8 7 9 0

（受　　取　　人）

京都市山科区
日ノ岡堤谷町１番地

ミネルヴァ書房
読者アンケート係　行

◆　以下のアンケートにお答え下さい。

お求めの
書店名＿＿＿＿＿＿＿＿市区町村＿＿＿＿＿＿＿＿＿＿＿＿書店

＊　この本をどのようにしてお知りになりましたか？　以下の中から選び、３つまで○をお付け下さい。

A.広告（　　　　）を見て　B.店頭で見て　C.知人・友人の薦め
D.著者ファン　E.図書館で借りて　F.教科書として
G.ミネルヴァ書房図書目録　H.ミネルヴァ通信
I.書評（　　　　）をみて　J.講演会など　K.テレビ・ラジオ
L.出版ダイジェスト　M.これから出る本　N.他の本を読んで
O.DM　P.ホームページ（　　　　　　　　）をみて
Q.書店の案内で　R.その他（　　　　　　　　）

書　名　お買上の本のタイトルをご記入下さい。

◆　上記の本に関するご感想、またはご意見・ご希望などお書き下さい。
「ミネルヴァ通信」での採用分には図書券を贈呈いたします。

◆　よく読む分野(ご専門)について、3つまで○をお付け下さい。

1. 哲学・思想　2. 宗教　3. 歴史・地理　4. 政治・法律
5. 経済　6. 経営　7. 教育　8. 心理　9. 社会福祉
10. 高齢者問題　11. 女性・生活科学　12. 社会学　13. 文学・評論
14. 医学・家庭医学　15. 自然科学　16. その他（　　　　　）

〒

ご住所　Tel　（　　　）

年齢　性別

お名前《ふりがな》　歳　男・女

ご職業・学校名
（所属・専門）

Eメール

ミネルヴァ書房ホームページ　http://www.minervashobo.co.jp/

冥土の飛脚
国性爺合戦
心中天の網島

門左衛門《もんざえもん》のすごいところは、いのちをかけた人間《にんげん》の情《じょう》の深《ふか》さをえがくばかりではありません。世間《せけん》のやっかい者《もの》である、どうしようもない人間《にんげん》にも目《め》をむけ、そのおろかさをとことんえぐりだしていきます。『女殺油地獄《おんなごろしあぶらのじごく》』の主人公《しゅじんこう》・与兵衛《よへえ》はとんでもない道楽《どうらく》むすこで、仕事《しごと》もせず遊《あそ》んでばかりいます。そのうえ、借金《しゃっきん》を重《かさ》ね、親《おや》にしかられると暴力《ぼうりょく》をふるうしまつです。ついには人《ひと》を殺《ころ》して、金《かね》をうばいとります。そんな極悪人《ごくあくにん》でも愛《あい》さずにはいられない親《おや》の情《じょう》のせつなさや、美《うつく》しくてやさしいおかみさんが理由《りゆう》もなく近所《きんじょ》のならず者《もの》に殺《ころ》されてしまう運命《うんめい》のあわれさが、しばいをとおして事実以上《じじついじょう》の真実《しんじつ》のドラマとして胸《むね》にせまってくるのです。

一七二二年《ねん》（享保《きょうほう》七年《ねん》）、門左衛門《もんざえもん》は七十さいのとき、世話物《せわもの》の最後《さいご》の傑作《けっさく》といわれる、よめとしゅうとめの争《あらそ》いのために夫婦《ふうふ》が心中《しんじゅう》する『心中宵庚申《しんじゅうよいごうしん》』をかきあげました。しかし、さすがの門左衛門《もんざえもん》も老《お》いと病《やまい》にはさからえず、それから二年後《ねんご》の冬《ふゆ》、七十二さいでこの世《よ》をさりました。どこで、どのように死《し》んだのかはよくわかっていませんが、偉大《いだい》な芸《げい》術家《じゅつか》となった門左衛門《もんざえもん》の死《し》は多《おお》くの人《ひと》たちに深《ふか》いかなしみをあたえたといわれています。

ところで、門左衛門《もんざえもん》が大阪《おおさか》でくらしたのは五十四さいから七十二さいまでのわずか十八年間《ねんかん》です。そのあいだにぼう大《だい》な人形浄瑠璃《にんぎょうじょうるり》をうみだし、しかも傑作《けっさく》とよばれるもののほとんどがふくまれています。人生《じんせい》五十年《ねん》といわれたむかしの七十二さいはたいへんな長生《ながい》きということができます。しかも五十さいをすぎれば隠居生活《いんきょせいかつ》があたりまえの時代《じだい》に、死《し》のまぎわまで人形浄瑠璃《にんぎょうじょうるり》をかきつづけたエネルギーはどこから生《う》まれたのでしょうか。

商人《しょうにん》のまち大阪《おおさか》は、本能《ほんのう》をむきだしにして生《い》きる人《ひと》たちの集《あつ》まるところでした。まわりにいる人《ひと》も事件《じけん》も、門左衛門《もんざえもん》の目《め》で見《み》ればたちまちだれもが共感《きょうかん》しないではいられない人間《にんげん》ドラマになります。しばいづくりの名人《めいじん》であり、人生《じんせい》の達人《たつじん》でもあった門左衛門《もんざえもん》は、老《お》いるひまもなく自分《じぶん》の芸術《げいじゅつ》の仕事《しごと》にうちこむことができたのです。

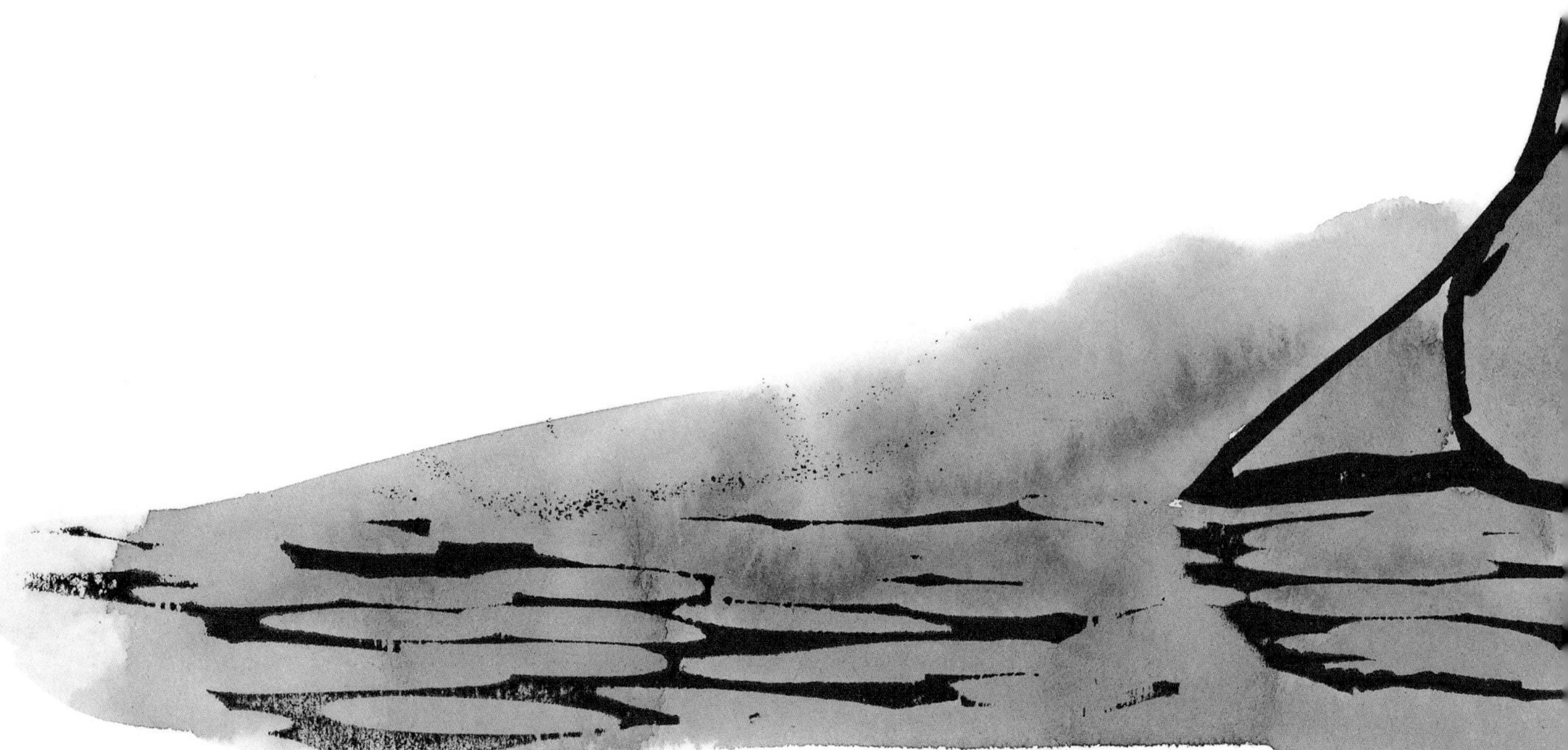

近松門左衛門《ちかまつもんざえもん》ってどんな人《ひと》？

多《おお》くの人形浄瑠璃《にんぎょうじょうるり》の名作《めいさく》をつくった近松門左衛門《ちかまつもんざえもん》とは、どのような人《ひと》だったのでしょうか。

武士《ぶし》の子《こ》として

一六五三年《ねん》（承応《じょうおう》二年《ねん》）、近松門左《ちかまつもんざ》衛門《えもん》は武士《ぶし》の杉森信義《すぎもりのぶよし》の次男《じなん》として生《う》まれました。本名《ほんみょう》は、杉森信盛《すぎもりのぶもり》とつたわっています。生《う》まれた場所《ばしょ》については、はっきりとわかっていませんが、越前国《えちぜんのくに》（いまの福井県《ふくいけん》）や、京都《きょうと》など、十あまりの説《せつ》があります。

父親《ちちおや》の杉森信義《すぎもりのぶよし》は越前国福井藩《えちぜんのくにふくいはん》につかえた武士《ぶし》、母親《ははおや》は福井藩《ふくいはん》おかかえの医師《いし》のむすめといわれています。門左衛門《もんざえもん》にはきょうだいがふたりおり、兄《あに》は武士《ぶし》に、弟《おとうと》は医師《いし》になりました。おさないときの門左衛門《もんざえもん》については、あまりわかっていません。門左衛門《もんざえもん》が十代《だい》前半《ぜんはん》のころ、父親《ちちおや》が福井藩士《ふくいはんし》をやめて浪人《ろうにん》になったことをきっかけに、一家《いっか》で京都《きょうと》にうつりすみました。

京都《きょうと》で、門左衛門《もんざえもん》は公卿《くぎょう》につかえることになりました。後水尾天皇《ごみずのおてんのう》の弟《おとうと》で摂政《せっしょう》や関白《かんぱく》をつとめたこともある一条恵観《いちじょうえかん》をはじめ、正親町公通《おおぎまちきんみち》、阿野実藤《あのさねふじ》などいく人《にん》かの公卿《くぎょう》につかえたようです。多《おお》くの書物《しょもつ》をよむなどして公家《くげ》（貴族《きぞく》）の文化《ぶんか》にふれた門左衛門《もんざえもん》は、古典《こてん》や故実《こじつ》といったさまざまな知識《ちしき》を身《み》につけました。

1653～1724年《ねん》

近松門左衛門《ちかまつもんざえもん》は画期的《かっきてき》な作品《さくひん》をつぎつぎとうみだし、人形浄瑠璃《にんぎょうじょうるり》を大《おお》きく発展《はってん》させた。（大阪歴史博物館所蔵《おおさかれきしはくぶつかんしょぞう》）

また、このころの公卿《くぎょう》はみな、世間《せけん》ではやりはじめた人形浄瑠璃《にんぎょうじょうるり》（文楽《ぶんらく》）↓26ページに関心《かんしん》がありました。気《き》にいった人形師《にんぎょうし》を屋敷《やしき》によんで、えんじさせたりすることもありました。

門左衛門《もんざえもん》が人形浄瑠璃《にんぎょうじょうるり》と深《ふか》くかかわるようになったのは、このころの経験《けいけん》がきっかけになったと考《かんが》えられます。のちに深《ふか》いかかわりをもつようになる浄瑠璃《じょうるり》↓26ページの太夫《たゆう》（語《かた》る人《ひと》）・宇治《うじ》加賀掾《かがのじょう》と知《し》りあったのも、このころだとされています。

作者《さくしゃ》としての修業時代《しゅぎょうじだい》

一六七五年《ねん》（延宝《えんぽう》三年《ねん》）、宇治《うじ》加賀《かがの》掾《じょう》が京都《きょうと》に自分《じぶん》のしばい小屋《ごや》（宇治《うじ》座《ざ》）をおこしました。その後《ご》、門左衛《もんざえ》門《もん》は加賀掾《かがのじょう》の弟子《でし》となり、浄瑠璃《じょうるり》の作《さっ》家《か》をめざして修業《しゅぎょう》をはじめます。

当時《とうじ》、浄瑠璃《じょうるり》や歌舞伎《かぶき》などの芸能《げいのう》はいやしい仕事《しごと》で、士農工商《しのうこうしょう》よりもさらに身分《みぶん》が低《ひく》い人《ひと》たちのやることだとされていました。落《お》ちぶれてまずしいとはいえ、門《もん》左衛《ざえ》門《もん》は武士《ぶし》の家《いえ》の出身《しゅっしん》です。しかし次男《じなん》だったため、家《いえ》をつぐことはできません。自分《じぶん》の将《しょう》来《らい》になやんだ門左衛門《もんざえもん》は、武士《ぶし》の家《いえ》をすて、芸能《げいのう》の世界《せかい》で生《い》きるという決断《けつだん》をしたのです。

初期《しょき》の浄瑠璃《じょうるり》では作者《さくしゃ》の地位《ちい》が低《ひく》く、脚本《きゃくほん》には作者《さくしゃ》の名前《なまえ》をかかないことがふつうでした。そのため、門左衛門《もんざえもん》がかいたのではないかといわれていても、はっきりとわからない作品《さくひん》がいくつもあります。門左衛門《もんざえもん》が作者《さくしゃ》だとわかっている最初《さいしょ》の浄瑠璃作品《じょうるりさくひん》は、一六八三年《ねん》（天和《てんな》三年《ねん》）に宇治座《うじざ》で上演《じょうえん》された『世継曽我《よつぎそが》』です。鎌倉時代《かまくらじだい》の軍記物《ぐんきもの》語《がたり》『曽我物語《そがものがたり》』のその後《ご》の話《はなし》ですが、『世継曽我《よつぎそが》』は江戸《えど》という時代《じだい》にあわせてかかれた斬新《ざんしん》な内容《ないよう》でした。このとき、門左衛門《もんざえもん》は三十一さいでした。

門左衛門《もんざえもん》が作者《さくしゃ》として名《な》をあげるきっかけともなった『世継曽我《よつぎそが》』の絵入《えい》り本《ぼん》。
（『世継曽我《よつぎそが》』早稲田大学図書館所蔵《わせだだいがくとしょかんしょぞう》）

竹本義太夫《たけもとぎだゆう》と門左衛門《もんざえもん》

一六八四年《ねん》（貞享元年《じょうきょうがんねん》）、竹本義太《たけもとぎだ》夫《ゆう》（一六九八年《ねん》ごろ、筑後掾《ちくごのじょう》と改名《かいめい》）が大阪《おおさか》の道頓堀《どうとんぼり》に竹本座《たけもとざ》をおこしました。義太夫《ぎだゆう》は、加賀掾《かがのじょう》のもとで語《かた》りをつとめたこともある、実力《じつりょく》のある若《わか》い太夫《たゆう》です。義太夫《ぎだゆう》は竹本座《たけもとざ》の旗《はた》あげ公《こう》演《えん》で『世継曽我《よつぎそが》』を語《かた》り、大成功《だいせいこう》をおさめました。

ところが翌年《よくとし》、京都《きょうと》で高《たか》い人気《にんき》をほこっていた加賀掾《かがのじょう》が義太夫《ぎだゆう》に対抗《たいこう》して、おなじ大阪《おおさか》の道頓堀《どうとんぼり》に進出《しんしゅつ》してきました。有名《ゆうめい》な作家《さっか》である井原西鶴《いはらさいかく》↓29ページに新作《しんさく》をかいてもらって、上《じょう》演《えん》したのです。

義太夫《ぎだゆう》は加賀掾《かがのじょう》に負《ま》けまいと、門左《もんざ》衛門《えもん》に竹本座《たけもとざ》のための新作《しんさく》をたのみました。そうしてできたのが、『出世景《しゅっせかげ》清《きよ》』で、たいへんな人気《にんき》となりました。そのうち、加賀掾《かがのじょう》のしばい小屋《ごや》が火事《かじ》になってしまい、加賀掾《かがのじょう》は京都《きょうと》へ引《ひ》きあげていきました。

現在《げんざい》の文楽《ぶんらく》の主流《しゅりゅう》となっている義太夫節《ぎだゆうぶし》をはじめた竹本義太夫《たけもとぎだゆう》。

（大阪歴史博物館所蔵《おおさかれきしはくぶつかんしょぞう》）

歌《か》舞《ぶ》伎《き》作《さく》品《ひん》をてがける

それからのち、門左衛門《もんざえもん》と義太夫《ぎだゆう》はつぎつぎと人気作品《にんきさくひん》をうみだしていきます。一六八六年《ねん》（貞享《じょうきょう》三年《ねん》）にできた『佐々木先陣《ささきせんじん》』という浄瑠璃作品《じょうるりさくひん》には、「近松門左衛門《ちかまつもんざえもん》」と作者名《さくしゃめい》がかかれています。これが現在《げんざい》わかっているなかで、門左衛門《もんざえもん》の最初《さいしょ》の署名作品《しょめいさくひん》です。近松《ちかまつ》が署名《しょめい》したことに批判《ひはん》もあったものの、この作品《さくひん》から門左衛門《もんざえもん》は、作家《さっか》として有名《ゆうめい》になっていきました。

元禄時代《げんろくじだい》に入《はい》ると、門左《もんざ》衛門《えもん》は歌舞伎台本《かぶきだいほん》の作者《さくしゃ》としても活躍《かつやく》するようになりました。当時《とうじ》、歌舞伎《かぶき》は人《にん》気《き》の絶頂《ぜっちょう》にあり、「元禄歌《げんろくか》舞《ぶ》伎《き》」とよばれる黄金期《おうごんき》をむかえていました。門左衛《もんざえ》門《もん》も京都《きょうと》の都万太夫座《みやこまんだゆうざ》にいた坂田藤十郎《さかたとうじゅうろう》という名俳優《めいはいゆう》のためにいくつもの歌舞伎作品《かぶきさくひん》をかきました。これには一六九三年《ねん》（元禄《げんろく》六年《ねん》）に上演《じょうえん》された『仏母摩耶山開帳《ぶつもまやさんかいちょう》』をはじめとして、『けいせい仏《ほとけ》の原《はら》』『けいせい壬生《みぶ》大念仏《だいねんぶつ》』などの傑作《けっさく》があります。

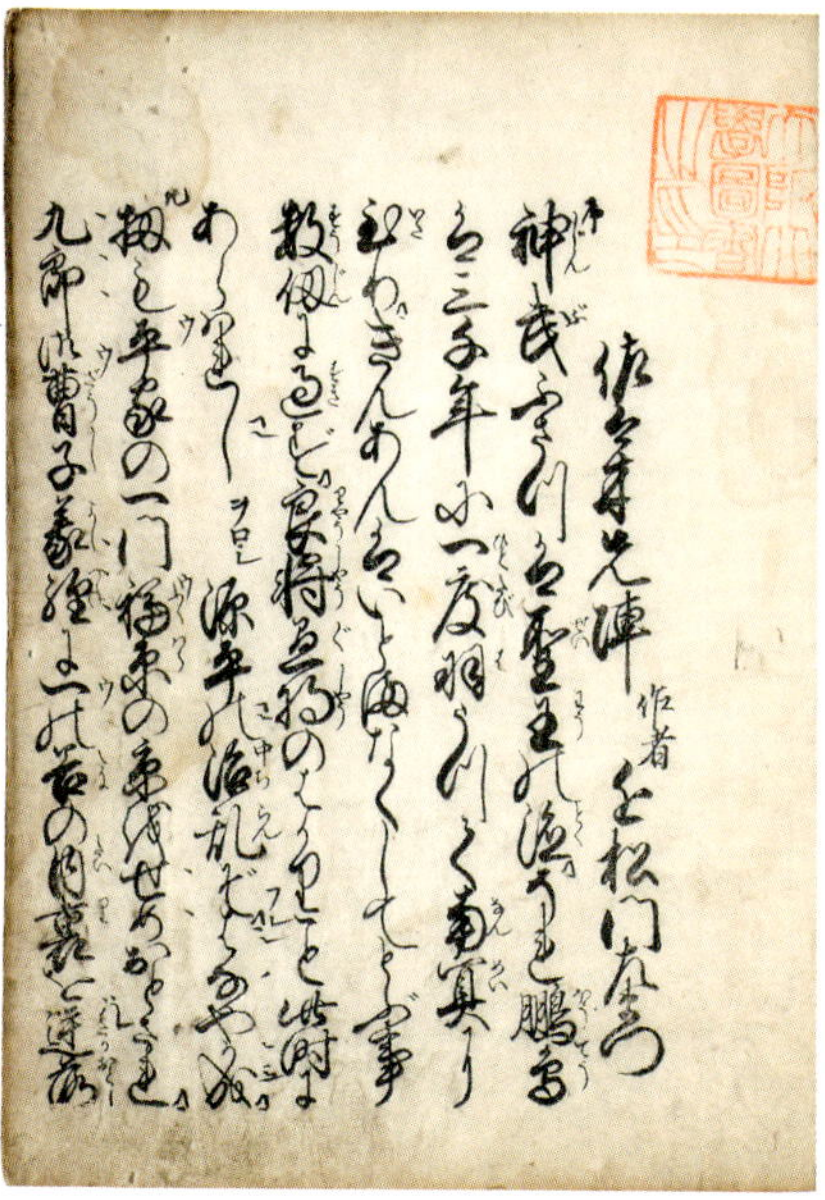

『佐々木先陣《ささきせんじん》』の題名《だいめい》の下《した》に、「近松門左《ちかまつもんざ》衛門《えもん》」の署名《しょめい》がある。

（『佐々木先陣《ささきせんじん》』正本《しょうほん》 大阪大学附属図書館所蔵《おおさかだいがくふぞくとしょかんしょぞう》）

多《おお》くの名作《めいさく》をうみだす

藤十郎《とうじゅうろう》が年《とし》をとると、門左衛門《もんざえもん》は歌《か》舞《ぶ》伎《き》の世界《せかい》をはなれ、ふたたび人形浄瑠璃作品《にんぎょうじょうるりさくひん》をかくようになります。

このころ、義太夫《ぎだゆう》は名前《なまえ》を筑後掾《ちくごのじょう》とあらためていましたが、竹本座《たけもとざ》は客《きゃく》が少《すく》なくなって、苦《くる》しい状況《じょうきょう》にありました。門左衛門《もんざえもん》は竹本座《たけもとざ》のために『曽根崎心中《そねざきしんじゅう》』をかきあげました。一七〇三年《ねん》（元禄十六年《げんろくねん》）に初演《しょえん》されると非常《ひじょう》に高《たか》い人気《にんき》をよび、これをきっかけとして、門左衛門《もんざえもん》は竹本座《たけもとざ》の専属作者《せんぞくさくしゃ》となりました。それと同時《どうじ》に、京都《きょうと》から竹本座《たけもとざ》のある大阪《おおさか》へ引《ひ》っこし、『冥途《めいど》の飛脚《ひきゃく》』など、すぐれた作品《さくひん》をつぎつぎと発表《はっぴょう》しました。

しかし、このあいだに、門左衛門《もんざえもん》と関係《かんけい》の深《ふか》かった人《ひと》びとがなくなってしまいます。藤十郎《とうじゅうろう》、加賀掾《かがのじょう》につづき、筑後掾《ちくごのじょう》までもが一七一四年《ねん》（正徳《しょうとく》四年《ねん》）になくなりました。六十二さいになっていた門左衛門《もんざえもん》は、竹本座《たけもとざ》の座元《ざもと》（一座《いちざ》の責任者《せきにんしゃ》）の竹田出雲《たけだいずも》と協力《きょうりょく》し、後継者《こうけいしゃ》の若《わか》い太夫《たゆう》をささえました。そして一七一五年《ねん》（正徳《しょうとく》五年《ねん》）に生《う》まれたのが『国性爺合戦《こくせんやかっせん》』です。この作品《さくひん》は十七か月間《げっかん》も上演《じょうえん》されつづけ、大《おお》あたりとなりました。

『国性爺合戦《こくせんやかっせん》』は、現代《げんだい》でも人気《にんき》の演目《えんもく》。歌舞伎《かぶき》でも上演《じょうえん》される。（錦絵《にしきえ》『国性爺合戦《こくせんやかっせん》』豊原国周《とよはらくにちか》　国立劇場所蔵《こくりつげきじょうしょぞう》）

晩年《ばんねん》の門左衛門《もんざえもん》

門左衛門《もんざえもん》は、その後《ご》も人生経験《じんせいけいけん》やすぐれた表現力《ひょうげんりょく》、するどい観察眼《かんさつがん》などを生《い》かし、『心中天の網島《しんじゅうてんのあみじま》』『女殺油地獄《おんなごろしあぶらのじごく》』などの名作《めいさく》を世《よ》におくりだします。

しかし、七十さいをむかえるころから、門左衛門《もんざえもん》は体《からだ》のぐあいがわるくなっていきました。そして、一七二四年《ねん》（享保《きょうほう》九年《ねん》）一月《がつ》にかいた時代物《じだいもの》『関八州繋馬《かんはっしゅうつなぎうま》』を最後《さいご》の作品《さくひん》として、その年《とし》の十一月《がつ》二十二日《にち》に七十二さいでなくなりました。門左衛門《もんざえもん》が生涯《しょうがい》にかいた作品《さくひん》は、約百《やくひゃく》五十作《さく》といわれています。

豆《まめ》ちしき　赤穂事件《あこうじけん》と門左衛門《もんざえもん》

赤穂《あこう》事件《じけん》は、一七〇二年《ねん》（元禄《げんろく》十五年《ねん》）におきた、赤穂藩《あこうはん》のもと家臣《かしん》たちによる討《う》ちいり事件《じけん》です。

そのまえの年《とし》に江戸《えど》城内《じょうない》で吉良上野介《きらこうずけのすけ》をきりつけ、切腹《せっぷく》と領地没収《りょうちぼっしゅう》にあった主君浅野長矩《しゅくんあさのながのり》（内匠頭《たくみのかみ》）のかたき討《う》ちのため、大石内蔵助《おおいしくらのすけ》を中心《ちゅうしん》とする四十七人《にん》の武士《ぶし》が吉良上野介《きらこうずけのすけ》の屋敷《やしき》におしいり、吉良《きら》を殺《ころ》したのです。事件《じけん》をおこした武士《ぶし》たちは切腹《せっぷく》させられましたが、世間《せけん》の人《ひと》びとは家臣《かしん》たちの忠義心《ちゅうぎしん》に感動《かんどう》しました。

このころ、幕府《ばくふ》や武士《ぶし》を批判《ひはん》するような内容《ないよう》を、しばいや本《ほん》、絵《え》にすることは禁止《きんし》されていました。門左衛門《もんざえもん》はこの事件《じけん》をむかしのできごとのようにして、『兼好法師物見車《けんこうほうしものみぐるま》』『碁盤太平記《ごばんたいへいき》』をかきました。赤穂事件《あこうじけん》を題材《だいざい》にした物語《ものがたり》は数多《かずおお》くつくられましたが、この二作品《さくひん》は先《さき》がけとなりました。

近松門左衛門《ちかまつもんざえもん》の作品《さくひん》を 見《み》てみよう

世界的《せかいてき》にも評価《ひょうか》される近松門《ちかまつもん》左衛門《ざえもん》は、どのような作品《さくひん》をかいたのでしょうか。

人形浄瑠璃《にんぎょうじょうるり》とは

人形浄瑠璃《にんぎょうじょうるり》は、いまは文楽《ぶんらく》とよばれている伝統芸能《でんとうげいのう》です。太夫《たゆう》とよばれる人《ひと》の語《かた》りと三味線《しゃみせん》の演奏《えんそう》にあわせて、人形《にんぎょう》つかいが人形《にんぎょう》をあやつってみせる人形劇《にんぎょうげき》です。現在《げんざい》の文楽《ぶんらく》では、三人《にん》の人形《にんぎょう》つかいが一体《たい》の人形《にんぎょう》をあやつりますが、門左衛門《もんざえもん》のころはひとりで一体《たい》の人形《にんぎょう》をあやつっていました。

人形浄瑠璃《にんぎょうじょうるり》のはじまりは、江戸《えど》時代《じだい》といわれています。室町《むろまち》時代《じだい》にできた浄瑠璃《じょうるり》（語《かた》りと三味線《しゃみせん》を組《く》みあわせた演芸《えんげい》）と、人形劇《にんぎょうげき》がむすびついてできあがりました。

やがて、江戸《えど》・大阪《おおさか》・京都《きょうと》の「三都《さんと》」とよばれる大都市《だいとし》で人気《にんき》が広《ひろ》がり、庶民《しょみん》の楽《たの》しみとして発展《はってん》しました。

時代物《じだいもの》

平安《へいあん》時代《じだい》や鎌倉《かまくら》時代《じだい》など、江戸《えど》時代《じだい》よりもまえの時代《じだい》を舞台《ぶたい》としている物語《ものがたり》は「時代物《じだいもの》」とよばれます。歴史上《れきしじょう》の事件《じけん》や人物《じんぶつ》を題材《だいざい》としている作品《さくひん》のほか、つい最近《さいきん》の事件《じけん》を、理由《りゆう》があってむかしのできごとのようにえがいた作品《さくひん》も、時代物《じだいもの》になります。

『出世景清《しゅっせかげきよ》』で、ろうやにいれられる主人公《しゅじんこう》の景清《かげきよ》。にげだせないように、しっかりしばられている。
（第《だい》76回《かい》文楽公演《ぶんらくこうえん》、昭和《しょうわ》61年《ねん》2月《がつ》国立劇場小劇場《こくりつげきじょうしょうげきじょう》より 「景清牢破《かげきよろうやぶ》りの段《だん》」 写真提供《しゃしんていきょう》：国立劇場《こくりつげきじょう》）

『心中天《しんじゅうてん》の網島《あみじま》』で、小春《こはる》の心《こころ》がわりに治兵衛《じへえ》がおこる場面《ばめん》。
(第《だい》140回文楽公演《かいぶんらくこうえん》、平成《へいせい》14年《ねん》9月国立劇場小劇場《がつこくりつげきじょうしょうげきじょう》より 「北新地河庄《きたしんちかわしょう》の段《だん》」 写真提供《しゃしんていきょう》：国立劇場《こくりつげきじょう》)

『出世景清《しゅっせかげきよ》』

主人公《しゅじんこう》は、源頼朝《みなもとのよりとも》のいのちをねらう平家《へいけ》の生《い》きのこり、悪七兵衛景清《あくしちびょうえかげきよ》です。恋人《こいびと》にうらぎられてとらえられ、処刑《しょけい》されますが、千手観音《せんじゅかんのん》にいのちをすくわれて頼朝《よりとも》にもゆるされます。これまでのおこないを後悔《こうかい》した景清《かげきよ》は、頼朝《よりとも》を見《み》るとふくしゅう心《しん》がおこるからと自分《じぶん》の目《め》をくりぬき、頼朝《よりとも》にあたえられた領地《りょうち》にさっていきます。

この作品《さくひん》は、日本《にほん》ではじめて悲劇《ひげき》をえがいた画期的《かっきてき》な作品《さくひん》といわれており、『出世景清《しゅっせかげきよ》』以前《いぜん》の作品《さくひん》は古浄瑠璃《こじょうるり》、以降《いこう》の作品《さくひん》は当流《とうりゅう》（新《あたら》しい）浄瑠璃《じょうるり》とよばれます。

世話物《せわもの》

町人《ちょうにん》の生活《せいかつ》のなかで現実《げんじつ》におこった事件《じけん》を題材《だいざい》に、登場人物《とうじょうじんぶつ》の感情《かんじょう》をこまやかにえがいた物語《ものがたり》が「世話物《せわもの》」です。身分《みぶん》ちがいの恋《こい》や義理《ぎり》と人情《にんじょう》、うらぎりやうらみなど、人間《にんげん》の心《こころ》をていねいにえがきました。門左衛門《もんざえもん》は門左《もんざ》衛門《えもん》の世話物《せわもの》には、多《おお》くの人《ひと》びとが感動《かんどう》してきました。

『心中天《しんじゅうてん》の網島《あみじま》』

二十四作品《さくひん》ある門左衛門《もんざえもん》の世話物《せわもの》のなかでも、『曽根崎心中《そねざきしんじゅう》』とならぶ名作《めいさく》といわれるのが、この『心中天《しんじゅうてん》の網島《あみじま》』です。

主人公《しゅじんこう》の治兵衛《じへえ》は天満屋《てんまや》の小春《こはる》と心中《しんじゅう》の約束《やくそく》をします。しかし、治兵衛《じへえ》の妻《つま》・おさんの手紙《てがみ》により、小春《こはる》は身《み》をひき治兵衛《じへえ》とわかれることにします。

しかし小春《こはる》がべつの男性《だんせい》に引《ひ》きとられそうになると、おさんは小春《こはる》をすくうために手《て》をつくします。努力《どりょく》は実《みの》らず、結局《けっきょく》、治兵衛《じへえ》と小春《こはる》は心中《しんじゅう》するのですが、死《し》ぬときも小春《こはる》はおさんのために、治兵衛《じへえ》とべつの場所《ばしょ》で死《し》ぬことをのぞみます。

心中《しんじゅう》という悲劇《ひげき》とともに、女性《じょせい》どうしの義理人情《ぎりにんじょう》が観客《かんきゃく》の涙《なみだ》をさそう物語《ものがたり》です。

近松門左衛門《ちかまつもんざえもん》が生《い》きた 江戸時代《えどじだい》

大阪《おおさか》を中心《ちゅうしん》に、おおらかで活気《かっき》のある町人文化《ちょうにんぶんか》が花《はな》ひらきました。

元禄文化《げんろくぶんか》

江戸時代《えどじだい》に入《はい》って八十年《ねん》もたつと、平和《へいわ》が社会《しゃかい》のすみずみに浸透《しんとう》しました。落《お》ちついてくらせるようになると、さまざまな産業《さんぎょう》が発達《はったつ》し、つくりだされたものを売《う》り買《か》いする商業《しょうぎょう》がさかんになりました。その中心《ちゅうしん》として大《おお》きく発展《はってん》した都市《とし》が大阪《おおさか》です。たちならぶ蔵屋敷《くらやしき》には米《こめ》や地方《ちほう》の特産物《とくさんぶつ》などが運《はこ》びこまれ、品物《しなもの》を運《はこ》ぶ船《ふね》が多《おお》く出入《でい》りしました。また、都市《とし》が大《おお》きくなるにつれ、家屋《かおく》や生活用品《せいかつようひん》をつくる職人《しょくにん》たちも必要《ひつよう》とされました。

町人《ちょうにん》（職人《しょくにん》・商人《しょうにん》）は士《し》農工商《のうこうしょう》のなかでは身分《みぶん》の低《ひく》い立場《たちば》でしたが、実際《じっさい》には商売《しょうばい》で成功《せいこう》するなど、ゆたかな生活《せいかつ》を送《おく》っている者《もの》も多《おお》くいました。すると、経済力《けいざいりょく》や町人《ちょうにん》ならではの自由《じゆう》なふんいきを反映《はんえい》した、活気《かっき》にあふれた文化《ぶんか》がおこります。元禄年間《げんろくねんかん》（一六八八～一七〇四年《ねん》）に、大阪《おおさか》や京都《きょうと》の町人《ちょうにん》たちを中心《ちゅうしん》に上方《かみがた》でさかえた文化《ぶんか》を、「元禄文化《げんろくぶんか》」といいます。

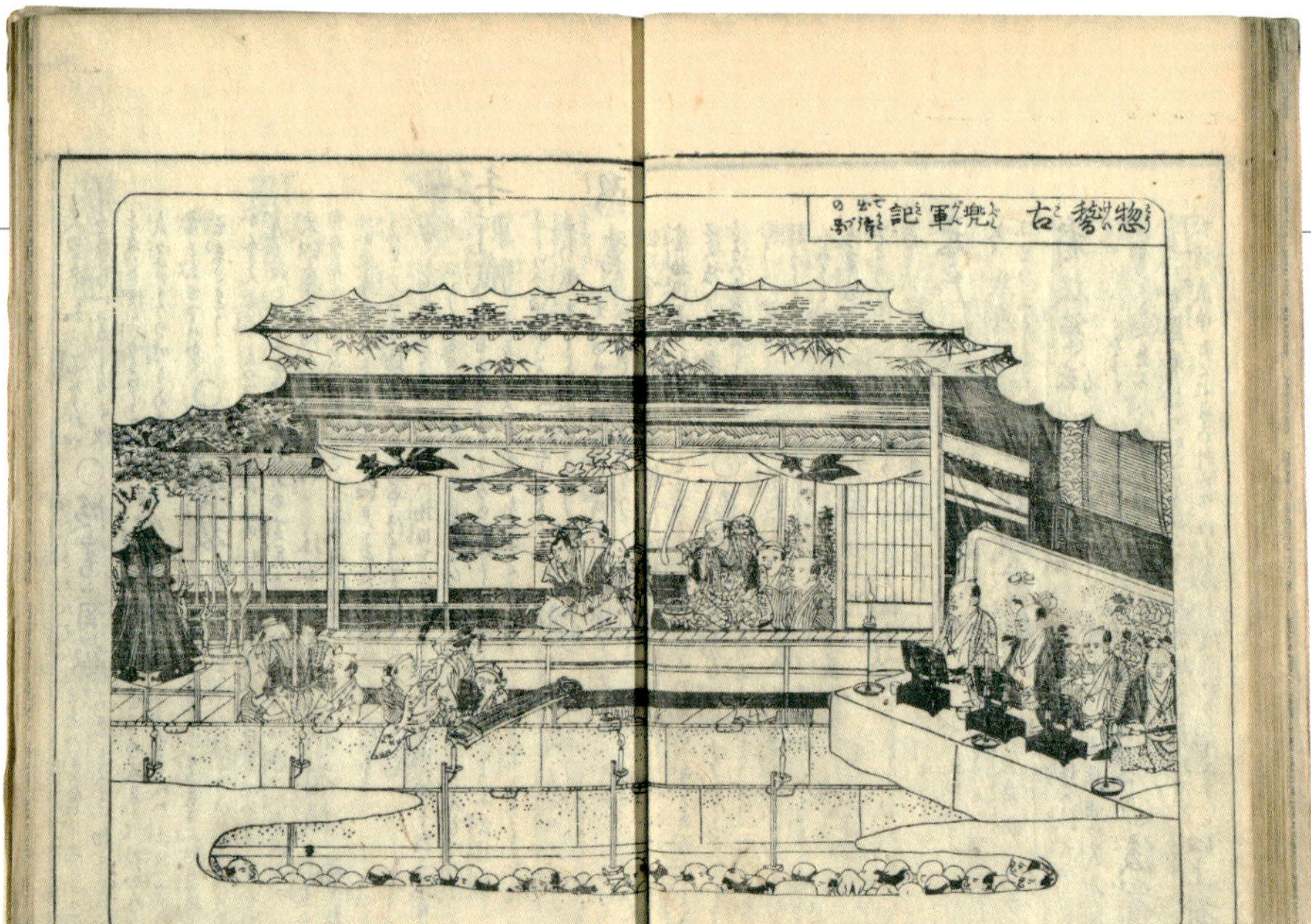

上方《かみがた》の人形浄瑠璃《にんぎょうじょうるり》の舞台稽古図《ぶたいげいこず》。舞台右側《ぶたいみぎがわ》に太夫《たゆう》と三味線方《しゃみせんがた》がすわる。（『戯場楽屋図会《しばいがくやずえ》2巻《かん》拾遺《しゅうい》2巻《かん》』国立国会図書館所蔵《こくりつこっかいとしょかんしょぞう》）

近松門左衛門《ちかまつもんざえもん》とおなじ時代《じだい》に生《い》きた人《ひと》びと

井原西鶴《いはらさいかく》（一六四二〜一六九三年《ねん》）

大阪出身《おおさかしゅっしん》の文学者《ぶんがくしゃ》。もとは俳諧《はいかい》を学《まな》んでいたが、一六八二年《ねん》（天和《てんな》二年《ねん》）に浮世草子《うきよぞうし》の先《さき》がけとなる『好色一代男《こうしょくいちだいおとこ》』を刊行《かんこう》した。そのほかの作品《さくひん》に、『好色五人女《こうしょくごにんおんな》』『日本永代蔵《にっぽんえいたいぐら》』『世間胸算用《せけんむねさんよう》』などがある。

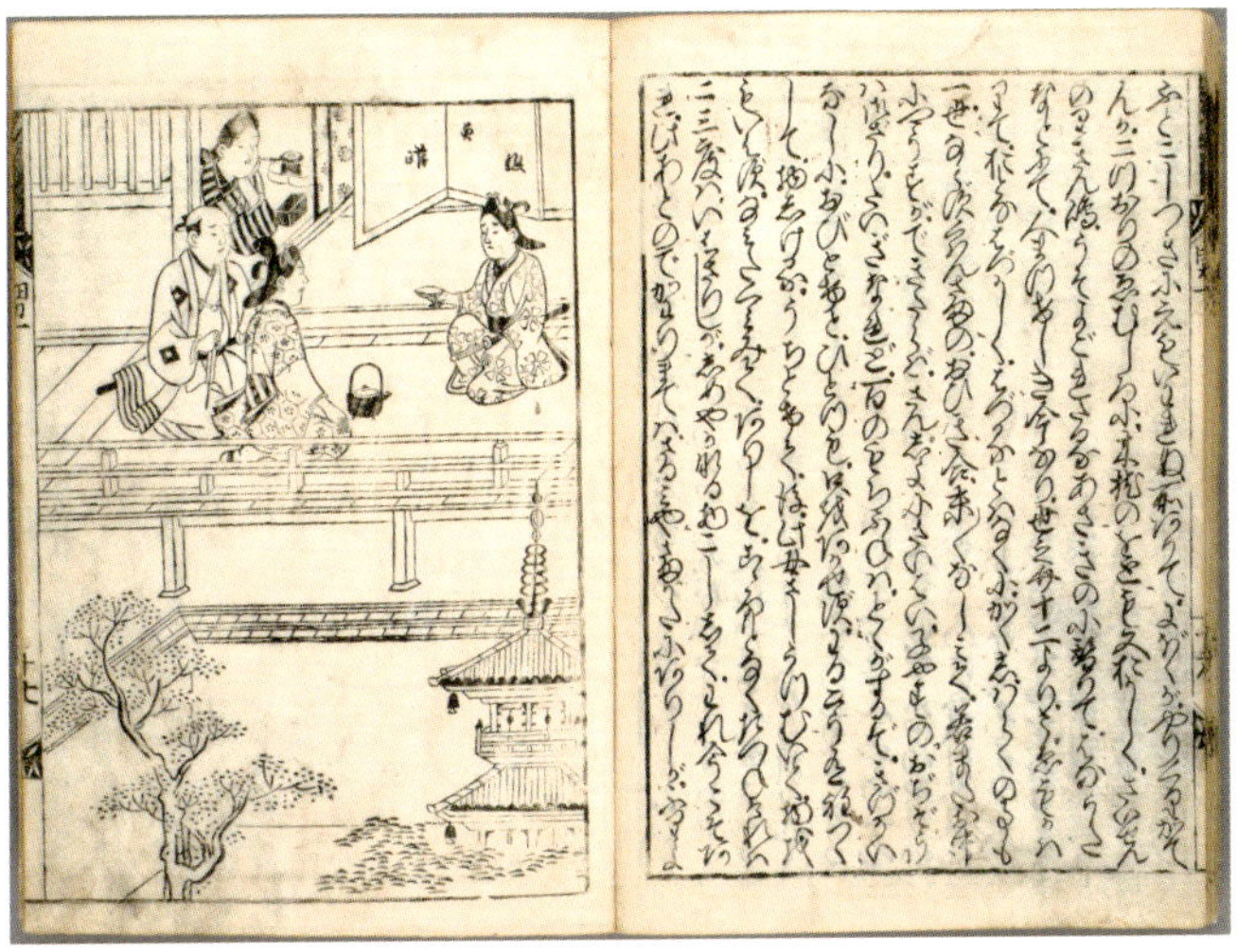

『好色一代男《こうしょくいちだいおとこ》』は、主人公《しゅじんこう》の男性《だんせい》の一生《いっしょう》を、恋愛《れんあい》をとおしてえがいた小説《しょうせつ》。（『好色一代男《こうしょくいちだいおとこ》』井原西鶴作《いはらさいかくさく》　国立国会図書館所蔵《こくりつこっかいとしょかんしょぞう》）

徳川綱吉《とくがわつなよし》（一六四六〜一七〇九年《ねん》）

江戸幕府《えどばくふ》の五代将軍《だいしょうぐん》。第三代将軍《だいだいしょうぐん》・徳川家光《とくがわいえみつ》の四男《なん》で、館林藩《たてばやしはん》（いまの群馬県《ぐんまけん》）の藩主《はんしゅ》から将軍《しょうぐん》になった。湯島聖堂《ゆしませいどう》をたてて学問《がくもん》を奨励《しょうれい》し、積極的《せっきょくてき》に幕府《ばくふ》の政治《せいじ》にたずさわる。一六八五年《ねん》（貞享《じょうきょう》二年《ねん》）から通称《つうしょう》「生類憐《しょうるいあわれ》みの令《れい》」を出《だ》し、「犬公方《いぬくぼう》」とよばれた。

松尾芭蕉《まつおばしょう》（一六四四〜一六九四年《ねん》）

伊賀国《いがのくに》（いまの三重県《みえけん》）出身《しゅっしん》の俳人《はいじん》。一生《いっしょう》を通《つう》じて旅《たび》をしながら、「さび（落《お》ちついた風情《ふぜい》）」、「しおり（繊細《せんさい》な感情《かんじょう》）」などを重《おも》んじる独特《どくとく》の俳句《はいく》をよんだ。『奥《おく》の細道《ほそみち》』のほか、『野《の》ざらし紀行《きこう》』『笈《おい》の小文《こぶみ》』などの紀行文《きこうぶん》をのこした。

松尾芭蕉《まつおばしょう》は、旅《たび》のとちゅうに大阪《おおさか》でなくなった。（江東区芭蕉記念館所蔵《こうとうくばしょうきねんかんしょぞう》）

新井白石《あらいはくせき》（一六五七〜一七二五年《ねん》）

上総国《かずさのくに》（いまの千葉県《ちばけん》）出身《しゅっしん》の武士《ぶし》。儒学《じゅがく》を学《まな》んで甲府藩《こうふはん》（いまの山梨県《やまなしけん》）藩主《はんしゅ》の徳川綱豊《とくがわつなとよ》につかえ、綱豊《つなとよ》が第六代将軍《だいだいしょうぐん》・家宣《いえのぶ》になると、将軍《しょうぐん》を助《たす》けて政治《せいじ》に参加《さんか》。第七代将軍《だいだいしょうぐん》・家継《いえつぐ》の代《だい》にわたって、通貨《つうか》の改良《かいりょう》、貿易《ぼうえき》の制限《せいげん》、司法改革《しほうかいかく》などを進《すす》めた。学者《がくしゃ》としてもすぐれており、朱子学《しゅしがく》、歴史学《れきしがく》、文学《ぶんがく》などで才能《さいのう》を生《い》かした。

新井白石《あらいはくせき》は日本初《にほんはつ》の文学的《ぶんがくてき》自伝《じでん》『折《おり》たく柴《しば》の記《き》』をかいた。（観福寺所蔵《かんぷくじしょぞう》　写真提供《しゃしんていきょう》：白岡市教育委員会《しらおかしきょういくいいんかい》）

もっと知《し》りたい！　近松門左衛門《ちかまつもんざえもん》ゆかりの場所《ばしょ》や、近松《ちかまつ》門左衛門《もんざえもん》についてかかれた本《ほん》などを紹介《しょうかい》します。

資料館《しりょうかん》　博物館《はくぶつかん》
史跡《しせき》　遺跡《いせき》
近松門左衛門《ちかまつもんざえもん》についてかかれた本《ほん》

近松記念館《ちかまつきねんかん》

近松門左衛門《ちかまつもんざえもん》が愛用《あいよう》していたつくえなど、門左衛門《もんざえもん》の遺品《いひん》などが展示《てんじ》されている記念館《きねんかん》。広済寺《こうさいじ》にあった「近松部屋《ちかまつべや》」へつづく階段《かいだん》もある。

〒661－0977
兵庫県尼崎市久々知《ひょうごけんあまがさきしくくち》1－4－38
☎06－6491－7555
http://hccweb5.bai.ne.jp/tikamatukinenkan/

記念館《きねんかん》は、門左衛門《もんざえもん》の像《ぞう》がたつ緑《みどり》ゆたかな公園《こうえん》のなかにある。
(写真提供《しゃしんていきょう》：財団法人近松記念館《ざいだんほうじんちかまつきねんかん》)

鯖江市《さばえし》まなべの館《やかた》

福井県《ふくいけん》にあった鯖江藩《さばえはん》に関係《かんけい》する資料《しりょう》などを展示《てんじ》している博物館《はくぶつかん》。「近松《ちかまつ》の部屋《へや》」では、近松門左衛門《ちかまつもんざえもん》のおいたちや業績《ぎょうせき》を展示資料《てんじしりょう》や映像《えいぞう》から学《まな》ぶことができる。

〒916－0024
福井県鯖江市長泉寺町《ふくいけんさばえしちょうせんじちょう》1－9－20
☎0778－51－5999

文楽人形《ぶんらくにんぎょう》の展示《てんじ》などがあり、門左衛門《もんざえもん》について楽《たの》しく知《し》ることができる。
(写真提供《しゃしんていきょう》：鯖江市《さばえし》まなべの館《やかた》)

広済寺《こうさいじ》

近松門左衛門《ちかまつもんざえもん》にゆかりのある寺《てら》。本堂《ほんどう》のうらには門左衛門《もんざえもん》が作品《さくひん》をかいた「近松部屋《ちかまつべや》」があったといわれている。門左衛門《もんざえもん》の墓《はか》もある。

〒661－0977
兵庫県尼崎市久々知《ひょうごけんあまがさきしくくち》1－3－27
☎06－6491－0815
http://www.kosaiji.org/

400年近《ねんちか》くあれていた広済寺《こうさいじ》の再建《さいけん》に、門左衛門《もんざえもん》も協力《きょうりょく》した。(写真提供《しゃしんていきょう》：広済寺《こうさいじ》)

『21世紀《せいき》によむ日本《にほん》の古典《こてん》16　近松門左衛門集《ちかまつもんざえもんしゅう》』

監修《かんしゅう》／西本鶏介《にしもとけいすけ》　著《ちょ》／諏訪春雄《すわはるお》
絵《え》／宮本能成《みやもとよしなり》
ポプラ社《しゃ》　2002年《ねん》

近松門左衛門《ちかまつもんざえもん》の作品《さくひん》を現代語《げんだいご》でよめる。「国性爺合戦《こくせんやかっせん》」「出世景清《しゅっせかげきよ》」「女殺油地獄《おんなごろしあぶらのじごく》」「丹波与作《たんばよさく》」の四話《わ》がのっている。

さくいん・用語《ようご》解説《かいせつ》

赤穂事件《あこうじけん》……25
新井白石《あらいはくせき》……29
一条恵観《いちじょうえかん》……22
井原西鶴《いはらさいかく》……23、29
浮世草子《うきよぞうし》……29
▼世間《せけん》のできごとや人間《にんげん》の感情《かんじょう》をえがいた小説《しょうせつ》。写実的《しゃじつてき》な表現《ひょうげん》が特《とく》ちょう。
宇治加賀掾《うじかがのじょう》……22、23、25
宇治座《うじざ》……23
『奥《おく》の細道《ほそみち》』……29
『女殺油地獄《おんなごろしあぶらのじごく》』……25
歌舞伎《かぶき》……23、24
上方《かみがた》……28
▼京都《きょうと》・大阪《おおさか》とそのまわりの地域《ちいき》。
義理《ぎり》……27
▼人間《にんげん》として守《まも》るべき正《ただ》しい道《みち》や道理《どうり》、約束《やくそく》のこと。
公卿《くぎょう》……22
▼政治《せいじ》などを担当《たんとう》、決定《けってい》する最高位《さいこうい》の貴族《きぞく》とその家《いえ》のこと。
蔵屋敷《くらやしき》……28
▼幕府《ばくふ》や大名《だいみょう》、寺社《じしゃ》などが年貢米《ねんぐまい》や地元《じもと》の特産物《とくさんぶつ》を販売《はんばい》するためにもうけた建物《たてもの》。倉庫《そうこ》と取引所《とりひきじょ》をかねた屋敷《やしき》になっている。
元禄歌舞伎《げんろくかぶき》……24

元禄文化《げんろくぶんか》……28
『好色一代男《こうしょくいちだいおとこ》』……29
『国性爺合戦《こくせんやかっせん》』……25
古浄瑠璃《こじょうるり》……27
後水尾天皇《ごみずのおてんのう》……22
▼江戸時代《えどじだい》の初期《しょき》の天皇《てんのう》。徳川家康《とくがわいえやす》の決定《けってい》で天皇《てんのう》になった。学問好《がくもんず》きで、本《ほん》の読《よ》みかたの授業《じゅぎょう》をした記録《きろく》がある。
坂田藤十郎《さかたとうじゅうろう》……24、25
▼元禄時代《げんろくじだい》に上方《かみがた》で活躍《かつやく》した歌舞伎役者《かぶきやくしゃ》。やわらかいしぐさや優美《ゆうび》なふるまいをする役《やく》をとくいとした。
『佐々木先陣《ささきせんじん》』……24
三都《さんと》……26
時代物《じだいもの》……26
士農工商《しのうこうしょう》……23、28
朱子学《しゅしがく》……29
▼儒学《じゅがく》(中国《ちゅうごく》の孔子《こうし》がはじめた学問《がくもん》)の一派《いっぱ》。江戸幕府《えどばくふ》による一七九〇年《ねん》の寛政異学《かんせいいがく》の禁《きん》により、幕府公認《ばくふこうにん》の学問《がくもん》となった。
『出世景清《しゅっせかげきよ》』……23、27
生類憐《しょうるいあわれ》みの令《れい》……29
▼五代将軍《だいしょうぐん》・綱吉《つなよし》が一六八五年《ねん》から数回《すうかい》にわたって出《だ》した、生《い》き物《もの》を殺《ころ》すことを禁止《きんし》した法令《ほうれい》の通称《つうしょう》。一七〇九年《ねん》、綱吉《つなよし》が死《し》ぬと廃止《はいし》された。
浄瑠璃《じょうるり》……22、23、26
『心中天《しんじゅうてん》の網島《あみじま》』……25、27

世話物《せわもの》……27
『曽根崎心中《そねざきしんじゅう》』……24、27
竹田出雲《たけだいずも》……25
竹本義太夫《たけもとぎだゆう》(筑後掾《ちくごのじょう》)……23、24、25
竹本座《たけもとざ》……23、24、25
太夫《たゆう》……22、23、26
当流《とうりゅう》(新《あたら》しい)浄瑠璃《じょうるり》……27
徳川綱吉《とくがわつなよし》……29
人形浄瑠璃《にんぎょうじょうるり》……22、24、26
人形《にんぎょう》つかい……26
人情《にんじょう》……27
▼人間《にんげん》としてもつべき情《なさ》けや他人《たにん》への思《おも》いやりのこと。
俳諧《はいかい》……29
▼俳句《はいく》や連句《れんく》などをまとめていう。俳句《はいく》は五・七・五音《おん》、連句《れんく》は五・七・五音《おん》と七・七音《おん》を交互《こうご》にくりかえしてつづけていく詩《うた》のこと。
文楽《ぶんらく》……26
松尾芭蕉《まつおばしょう》……29
都万太夫座《みやこまんだゆうざ》……24
『冥途《めいど》の飛脚《ひきゃく》』……24
湯島聖堂《ゆしませいどう》……29
『世継曽我《よつぎそが》』……23

■監修

大石　学（おおいし　まなぶ）

1953年東京都生まれ。東京学芸大学大学院修士課程修了。現在、東京学芸大学教授。日本近世史学者。編著書に『江戸の教育力　近代日本の知的基盤』（東京学芸大学出版会）、『地名で読む江戸の町』（PHP研究所）、『吉宗と享保の改革　教養の日本史』（東京堂出版）、『新選組―「最後の武士」の実像』（中央公論新社）などがある。

監修協力：杉本寛郎
（所沢市生涯学習推進センター　ふるさと研究グループ）

■文（2～21ページ）

西本　鶏介（にしもと　けいすけ）

1934年奈良県生まれ。評論家・民話研究家・童話作家として幅広く活躍する。昭和女子大学名誉教授。各ジャンルにわたって著書は多いが、伝記に『心を育てる偉人のお話』全3巻、『徳川家康』、『武田信玄』、『源義経』、『独眼竜政宗』（ポプラ社）、『大石内蔵助』、『宮沢賢治』、『夏目漱石』、『石川啄木』（講談社）などがある。

■絵

野村　たかあき（のむら　たかあき）

1949年群馬県生まれ。1983年に木彫・木版画工房「でくの房」を開く。『ばあちゃんのえんがわ』（講談社）で第5回講談社絵本新人賞、『おじいちゃんのまち』（講談社）で第13回絵本にっぽん賞を受賞。おもな作品に『おばあちゃんのえほうまき』（佼成出版社）、『かえるのどびん』（教育画劇）などがある。

企画・編集　こどもくらぶ
装丁・デザイン　長江　知子
DTP　株式会社エヌ・アンド・エス企画

■主な参考図書

『近松門左衛門』著／河竹繁俊　吉川弘文館　1958年
『わたしの古典17　田中澄江の心中天網島』著／田中澄江　集英社　1986年
『近松門左衛門　虚実の慰み』著／鳥越文蔵　新典社　1989年
『日本の古典をよむ19　雨月物語・冥途の飛脚・心中天網島』校訂・訳／高田衛、阪口弘之、山根為雄　小学館　2008年
『山川　詳説日本史図録』（第3版）編／詳説日本史図録編集委員会　山川出版社　2010年

よんで しらべて 時代がわかる　ミネルヴァ日本歴史人物伝
近松門左衛門
――上方の人情をえがいた浄瑠璃作家――

2013年2月20日　初版第1刷発行　検印廃止

定価はカバーに表示しています

監修者	大石学
文	西本鶏介
絵	野村たかあき
発行者	杉田啓三
印刷者	金子眞吾

発行所　株式会社　ミネルヴァ書房
607-8494　京都市山科区日ノ岡堤谷町1
電話 075-581-5191／振替 01020-0-8076

印刷・製本　凸版印刷株式会社

ISBN978-4-623-06420-5
NDC281/32P/27cm
Printed in Japan

よんでしらべて 時代がわかる
ミネルヴァ 日本歴史人物伝

卑弥呼《ひみこ》
監修 山岸良二 文 西本鶏介 絵 宮嶋友美

聖徳太子《しょうとくたいし》
監修 山岸良二 文 西本鶏介 絵 たごもりのりこ

小野妹子《おののいもこ》
監修 山岸良二 文 西本鶏介 絵 宮本えつよし

中大兄皇子《なかのおおえのおうじ》
監修 山岸良二 文 西本鶏介 絵 山中桃子

鑑真《がんじん》
監修 山岸良二 文 西本鶏介 絵 ひだかのり子

聖武天皇《しょうむてんのう》
監修 山岸良二 文 西本鶏介 絵 きむらゆういち

清少納言《せいしょうなごん》
監修 朧谷寿 文 西本鶏介 絵 山中桃子

紫式部《むらさきしきぶ》
監修 朧谷寿 文 西本鶏介 絵 青山友美

平清盛《たいらのきよもり》
監修 木村茂光 文 西本鶏介 絵 きむらゆういち

源頼朝《みなもとのよりとも》
監修 木村茂光 文 西本鶏介 絵 野村たかあき

源義経《みなもとのよしつね》
監修 木村茂光 文 西本鶏介 絵 狩野富貴子

北条時宗《ほうじょうときむね》
監修 木村茂光 文 西本鶏介 絵 山中桃子

足利義満《あしかがよしみつ》
監修 木村茂光 文 西本鶏介 絵 宮嶋友美

雪舟《せっしゅう》
監修 木村茂光 文 西本鶏介 絵 広瀬克也

織田信長《おだのぶなが》
監修 小和田哲男 文 西本鶏介 絵 広瀬克也

豊臣秀吉《とよとみひでよし》
監修 小和田哲男 文 西本鶏介 絵 青山邦彦

細川《ほそかわ》ガラシャ
監修 小和田哲男 文 西本鶏介 絵 宮嶋友美

伊達政宗《だてまさむね》
監修 小和田哲男 文 西本鶏介 絵 野村たかあき

徳川家康《とくがわいえやす》
監修 大石学 文 西本鶏介 絵 宮嶋友美

春日局《かすがのつぼね》
監修 大石学 文 西本鶏介 絵 狩野富貴子

徳川家光《とくがわいえみつ》
監修 大石学 文 西本鶏介 絵 ひるかわやすこ

近松門左衛門《ちかまつもんざえもん》
監修 大石学 文 西本鶏介 絵 野村たかあき

杉田玄白《すぎたげんぱく》
監修 大石学 文 西本鶏介 絵 青山邦彦

伊能忠敬《いのうただたか》
監修 大石学 文 西本鶏介 絵 青山邦彦

歌川広重《うたがわひろしげ》
監修 大石学 文 西本鶏介 絵 野村たかあき

勝海舟《かつかいしゅう》
監修 大石学 文 西本鶏介 絵 おくやまひでとし

西郷隆盛《さいごうたかもり》
監修 大石学 文 西本鶏介 絵 野村たかあき

大久保利通《おおくぼとしみち》
監修 安田常雄 文 西本鶏介 絵 篠崎三朗

坂本龍馬《さかもとりょうま》
監修 大石学 文 西本鶏介 絵 野村たかあき

福沢諭吉《ふくざわゆきち》
監修 安田常雄 文 西本鶏介 絵 たごもりのりこ

板垣退助《いたがきたいすけ》
監修 安田常雄 文 西本鶏介 絵 青山邦彦

伊藤博文《いとうひろぶみ》
監修 安田常雄 文 西本鶏介 絵 おくやまひでとし

小村寿太郎《こむらじゅたろう》
監修 安田常雄 文 西本鶏介 絵 荒賀賢二

野口英世《のぐちひでよ》
監修 安田常雄 文 西本鶏介 絵 たごもりのりこ

与謝野晶子《よさのあきこ》
監修 安田常雄 文 西本鶏介 絵 宮嶋友美

宮沢賢治《みやざわけんじ》
文 西本鶏介 絵 黒井健

27cm 32ページ NDC281 オールカラー
小学校低学年～中学生向き

日本の歴史年表

時代	年	できごと	このシリーズに出てくる人物
旧石器時代	四〇〇万年前〜	採集や狩りによって生活する	
縄文時代	一三〇〇〇年前〜	縄文土器がつくられる	
弥生時代	前四〇〇年ごろ〜	稲作、金属器の使用がさかんになる 小さな国があちこちにできはじめる	卑弥呼
古墳時代	二五〇年ごろ〜	大和朝廷の国土統一が進む	中大兄皇子
古墳時代（飛鳥時代）	五九三	聖徳太子が摂政となる	聖徳太子
飛鳥時代	六〇七	小野妹子を隋におくる	小野妹子
飛鳥時代	六四五	大化の改新	
飛鳥時代	七〇一	大宝律令ができる	
奈良時代	七一〇	都を奈良（平城京）にうつす	聖武天皇
奈良時代	七五二	東大寺の大仏ができる	鑑真
平安時代	七九四	都を京都（平安京）にうつす	清少納言
平安時代		藤原氏がさかえる	紫式部
平安時代		『源氏物語』ができる	平清盛
平安時代	一一六七	平清盛が太政大臣となる	
平安時代	一一八五	源氏が平氏をほろぼす	源頼朝
鎌倉時代	一一九二	源頼朝が征夷大将軍となる	源義経
鎌倉時代	一二七四	元がせめてくる	北条時宗
鎌倉時代	一二八一	元がふたたびせめてくる	
鎌倉時代	一三三三	鎌倉幕府がほろびる	
南北朝時代	一三三六	朝廷が南朝と北朝にわかれ対立する	足利義満
南北朝時代	一三三八	足利尊氏が征夷大将軍となる	
南北朝時代	一三九二	南朝と北朝がひとつになる	